D1471263

LES **MONSIEUR MADAME**
à Paris

LES **MONSIEUR MADAME**
à Paris

Roger Hargreaves

Écrit et illustré par Adam Hargreaves

hachette
JEUNESSE

Un soir de janvier, les Monsieur Madame se retrouvèrent chez madame Beauté pour dîner.

Ils se mirent à discuter de leur prochaine destination de vacances.

– J'ai toujours rêvé d'aller à Paris, déclara madame Beauté, pour voir tous les magasins, les créateurs, les chaussures et les chapeaux !

– Il n'y a pas que ça, dit monsieur Heureux.
Nous pourrions visiter les galeries d'art.

– Et l'opéra, ajouta madame Vedette.

– Et tous les monuments, suggéra madame Bonheur.

– Et manger du fromage français ! Miam ! s'écria
monsieur Glouton.

Au printemps, ils partirent donc tous pour Paris.

Madame Beauté mit beaucoup de temps à faire
ses bagages.

Quels chapeaux devait-elle prendre ?

Elle n'arrivait pas à se décider, alors elle les emmena tous !

Le premier jour, ils visitèrent Notre-Dame de Paris
et monsieur Bruit s'amusa à sonner les cloches.

– Oh non, pas les cloches ! gémit le pauvre monsieur
Silence.

Puis, ils se rendirent au musée du Louvre pour admirer le plus célèbre tableau du monde, *La Joconde* de Léonard de Vinci, connue pour son sourire mystérieux.

Le sourire de madame Bonheur n'a rien de mystérieux, lui !

Le soir, monsieur Malpoli les invita à dîner dans le plus chic des hôtels parisiens, où ils savourèrent le meilleur de la cuisine française.

Le plateau de fromages fut à la hauteur des attentes de monsieur Glouton. Il y trouva toutes sortes de fromages : du fromage coulant, du fromage frais, du fromage bleu… et du fromage qui sentait très, très mauvais !

Monsieur Glouton mangea tellement de fromage que
le lendemain, lorsque les Monsieur Madame se baladèrent
en bateau-mouche sur la Seine, le bateau se mit à couler !

À peine remis de cette mésaventure, le groupe se dirigea vers Montmartre.

En se promenant sur la place du Tertre, ils découvrirent les célèbres caricaturistes.

Monsieur Mal Élevé s'avéra très doué pour dessiner des caricatures.

Monsieur Mal Élevé est très doué pour être grossier, même quand il dessine !

Le soir, ils dînèrent sur la place et monsieur Glouton commanda une fondue au fromage.

Un pot entier pour lui tout seul !

Monsieur Glouton mangea à nouveau tellement de fromage que cette nuit-là, il rêva qu'il montait sur la tour Eiffel pour admirer la vue, et que la tour se mettait à plier sous son poids !

La tour Eiffel penchée !

Le lendemain, les Monsieur Madame visitèrent en effet
la tour Eiffel. Mais monsieur Glouton décida de ne pas
grimper au sommet. Au cas où !

Il y avait beaucoup d'autres monuments à voir
à Paris. Comme l'Arc de Triomphe.
C'était vraiment énorme !
Plus énorme encore que le ventre
de monsieur Glouton !

Et si grand que monsieur Grand
n'eut pas besoin de se pencher
pour passer dessous.

Ensuite, monsieur Curieux et madame Tête-en-l'air prirent une voiture pour se balader dans Paris. Les autres Monsieur Madame partirent à pied.

Évidemment, madame Tête-en-l'air roula à l'envers dans une rue à sens unique.

Le gendarme n'en fut pas très content.

La voiture garée, ils retrouvèrent leurs amis dans une boulangerie pour déjeuner.

Monsieur Curieux acheta un sandwich baguette.

La baguette était aussi longue que son nez !

Monsieur Glouton choisit un sandwich au fromage,
un soufflé au fromage, une omelette au fromage
et un croque-monsieur.

Puis, il fit une sieste et rêva qu'ils allaient à l'opéra.

Monsieur Glouton chantait sur scène et la scène finissait
par s'effondrer sous son poids !

Ce soir-là, les Monsieur Madame devaient justement se rendre à l'Opéra Garnier.

Monsieur Glouton préféra ne pas les accompagner.

Au cas où !

Le dernier jour, les rêves de madame Beauté se réalisèrent : elle fit les magasins sur les Champs-Élysées ! Elle visita toutes les boutiques des créateurs célèbres.

Et elle acheta des chapeaux.
Beaucoup de chapeaux.
Et encore des chapeaux.

Cinquante-deux chapeaux au total.
Un pour chaque semaine de l'année !

Tu peux les compter si tu ne me crois pas.

Puis, l'heure du départ arriva.

À l'aéroport, monsieur Glouton regarda l'avion.

Et il regarda son ventre.

Et il regarda l'avion.

Et puis il pensa à tout le fromage qu'il avait mangé.

Et alors…

... il préféra prendre le train !
Au cas où !

RÉUNIS VITE LA COLLECTION ENTIÈRE

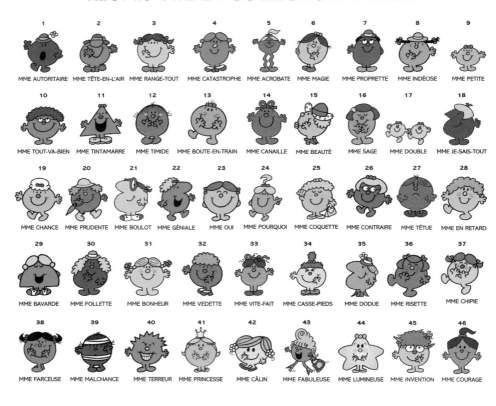

1 MME AUTORITAIRE
2 MME TÊTE-EN-L'AIR
3 MME RANGE-TOUT
4 MME CATASTROPHE
5 MME ACROBATE
6 MME MAGIE
7 MME PROPRETTE
8 MME INDÉCISE
9 MME PETITE

10 MME TOUT-VA-BIEN
11 MME TINTAMARRE
12 MME TIMIDE
13 MME BOUTE-EN-TRAIN
14 MME CANAILLE
15 MME BEAUTÉ
16 MME SAGE
17 MME DOUBLE
18 MME JE-SAIS-TOUT

19 MME CHANCE
20 MME PRUDENTE
21 MME BOULOT
22 MME GÉNIALE
23 MME OUI
24 MME POURQUOI
25 MME COQUETTE
26 MME CONTRAIRE
27 MME TÊTUE
28 MME EN RETARD

29 MME BAVARDE
30 MME FOLLETTE
31 MME BONHEUR
32 MME VEDETTE
33 MME VITE-FAIT
34 MME CASSE-PIEDS
35 MME DODUE
36 MME RISETTE
37 MME CHIPIE

38 MME FARCEUSE
39 MME MALCHANCE
40 MME TERREUR
41 MME PRINCESSE
42 MME CÂLIN
43 MME FABULEUSE
44 MME LUMINEUSE
45 MME INVENTION
46 MME COURAGE

DES **MONSIEUR MADAME**

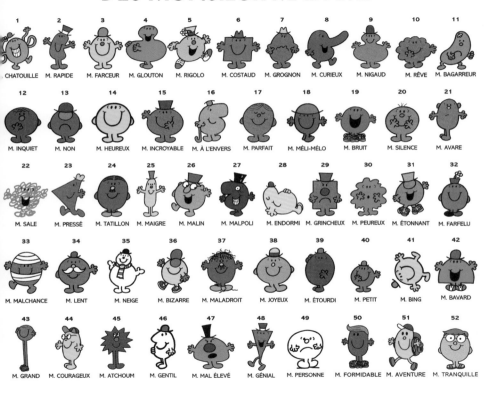

1 CHATOUILLE
2 M. RAPIDE
3 M. FARCEUR
4 M. GLOUTON
5 M. RIGOLO
6 M. COSTAUD
7 M. GROGNON
8 M. CURIEUX
9 M. NIGAUD
10 M. RÊVE
11 M. BAGARREUR

12 M. INQUIET
13 M. NON
14 M. HEUREUX
15 M. INCROYABLE
16 M. À L'ENVERS
17 M. PARFAIT
18 M. MÉLI-MÉLO
19 M. BRUIT
20 M. SILENCE
21 M. AVARE

22 M. SALE
23 M. PRESSÉ
24 M. TATILLON
25 M. MAIGRE
26 M. MALIN
27 M. MALPOLI
28 M. ENDORMI
29 M. GRINCHEUX
30 M. PEUREUX
31 M. ÉTONNANT
32 M. FARFELU

33 M. MALCHANCE
34 M. LENT
35 M. NEIGE
36 M. BIZARRE
37 M. MALADROIT
38 M. JOYEUX
39 M. ÉTOURDI
40 M. PETIT
41 M. BING
42 M. BAVARD

43 M. GRAND
44 M. COURAGEUX
45 M. ATCHOUM
46 M. GENTIL
47 M. MAL ÉLEVÉ
48 M. GÉNIAL
49 M. PERSONNE
50 M. FORMIDABLE
51 M. AVENTURE
52 M. TRANQUILLE

Édité par Hachette Livre, 58 rue Jean Bleuzen 92178 Vanves Cedex.
Dépôt légal : janvier 2019.
Loi n° 49-956 du 16 juillet 1949 sur les publications destinées à la jeunesse.
Achevé d'imprimer par Rotolito Romania en Roumanie.